DIALOGUE

ENTRE

L'EMPEREUR ET LE MARÉCHAL SOULT.

Imp. de Mme DE LACOMBE,
RUE D'ENGHIEN, 12.

DIALOGUE

ENTRE

L'EMPEREUR

ET

LE MARÉCHAL SOULT.

PAR L'AUTEUR

DE L'AVENIR DES IDÉES IMPÉRIALES.

PARIS.

CHARPENTIER, LIBRAIRE-ÉDITEUR,

Palais-Royal, galerie d'Orléans, 7.

BOHAIRE, LIBRAIRE,

Boulevart des Italiens, au coin de la rue Laffitte.

1840.

DIALOGUE

ENTRE

L'EMPEREUR ET LE MARÉCHAL SOULT.

Nous n'avons prêté à M. le Maréchal Soult aucune pensée qui puisse être désavouée par le Maréchal de l'Empire. Le lecteur trouvera quelques opinions qui, pour n'être ni moins vraies ni moins significatives, paraîtront étranges dans la bouche d'un ministre constitutionnel. C'est nous qui en prenons la responsabilité.

L'EMPEREUR.—C'est donc vous, mon cher maréchal, vous le major-général de la Grande Armée, qui avez survécu à tous vos camarades de 1804, pour recevoir à leur rentrée en France les cendres de votre Empereur.

LE MARÉCHAL SOULT.—Ce sera, Sire, la dernière gloire de ma longue carrière et pas la moins chère à mon cœur. Tous mes honneurs je les devrai à votre majesté.

— Depuis 25 ans que nous nous quittâmes, tant d'événemens ont bouleversé l'Europe que je suis devenu comme étranger aux générations qui la peuplent, et que c'est dans un monde nouveau que vous vivez, vous, le commandant du camp de Gauche.

— Hélas ! ils ont presque tous disparu, Sire, les contemporains de notre glorieuse jeunesse. Berthier, Murat, Jourdan, Masséna, Augereau, Brune, Lannes, Mortier, Ney, Davoust, Bessières, Kellermann, Lefebvre, Pérignon, Serrurier, les maréchaux de 1804, ils sont rendus depuis longtemps au séjour des héros.

— Je les ai retrouvés, ces braves, aux Champs-Elysées, où votre place est gardée, mon cher Soult. « Ils sont venus, il y a bientôt vingt ans, à ma rencontre. Nous avons parlé de ce que nous avons fait ensemble. En me voyant ils sont devenus fous d'enthousiasme et de gloire. »

— Comme la France aujourd'hui, à l'approche de vos restes immortels.

— Puisse une aussi belle émotion rester dans les cœurs et leur inspirer l'amour des grandes choses de mon temps et l'émulation pour ne pas se rendre indignes d'un tel héritage.

— De ce tombeau que notre pensée fouille pour y chercher, à travers des restes périssables, le secret du génie, doivent sortir des étincelles pour animer noblement les Français.

— Et que la postérité ne dise pas, au mépris des générations présentes, qu'il n'a survécu rien de de l'héroïsme et des grandeurs de mon empire. Mon cher Soult, l'amour de tant de cœurs, qui m'a poursuivi de Cherbourg jusqu'à ma capitale, n'a pas pu me trouver insensible, et dès Sainte-Hélène j'ai été touché des nobles paroles que ma sortie du tombeau inspira au jeune prince qui m'a conduit sous son pavillon, sous mes couleurs chéries.

—Dans l'intérêt de l'avenir et du salut de la France, Sire, j'ai besoin d'espérer que de ce jour datera une ère nouvelle pour le gouvernement de la patrie, pour l'union de ses enfans, pour le développement de leurs forces, pour la gloire de l'état, une ère qui soit moins différente de celle qu'a illustrée le génie de votre majesté.

— Pour cela, je l'ai dit, avant d'expirer, aux compagnons de mon exil afin qu'ils le répètent à chacun de vous, pour cela « Soyez fidèles à vous-mêmes et à ma gloire : hors de là il n'y a que honte et confusion. »

— Pour revenir à cette grandeur, Sire, il faudra effacer l'infidélité de 25 ans que vous ont faite les générations présentes. Ah ! pourquoi la France perdit-elle sitôt son héros ! Pourquoi lui fut-il arraché avant qu'il eût eu le temps de graver les lois nationales de sa sagesse dans des cœurs, hélas ! oublieux et légers, avant qu'il eût eu le temps de faire disparaître les dernières traces des erreurs révolutionnaires ! Pourquoi ce héros n'a-t-il pu nous léguer un successeur tradition vivante de son génie ! Au sein de l'exil, l'aigle et l'aiglon sont descendus au tombeau : au moins que votre pensée, sire, domine les conseils du pouvoir !

— Les Français ont imité les Hébreux, les tables sacrées ont été brisées, et ils se sont mis à adorer un veau d'or.

— Hélas ! par imitation, c'est aussi sur une balle de laine qu'on a voulu asseoir le chef de l'état.

— Mon ombre en tressaille de repoussement, comme les ombres de Louis XIV, d'Henri IV, de François 1er, de saint Louis et de mes nobles prédécesseurs. C'est en effet un étrange spectacle que m'offre aujourd'hui la France. Les acclamations sont sincères, les cœurs en sont anoblis. Mais cette nation, après m'avoir rendu le culte qu'on rend à l'antiquité, on la verra, dans quelques jours refroidie, revenir à son oubli de mes lois et aux erremens politiques qui depuis 25 ans font la décadence de la patrie. C'est le jour anniversaire de mon couronnement et de ma victoire d'Austerlitz qu'on a fait entrer mes cendres dans le port de Cherbourg. Dans quel dessein a-t-on rapproché le jour présent des souvenirs les plus glorieux de la patrie ? Est-ce pour en faire mieux ressortir le contraste ? Quel est le spectacle qui a éclaté à mes yeux ? A travers le bruit des canons du port qui ont salué mon cercueil, les bruits de vos discussions n'ont-ils pas frappé mon oreille ? Et pour une parole noble et patriotique combien de paroles lâches, haineuses et traîtres ! Dans un moment où se décident les intérêts les plus graves de la politique européenne, une assemblée qui s'arroge le droit de représenter la France, perdant un mois dans des discussions oiseuses, intempestives et criminelles, finit par enfanter un plat *factum* ! Je me suis cru un moment sous les murs de Constantinople, en présence de l'empereur Cantacuzène, et de

« ces Grecs du Bas-Empire, qui, pressés de tous côtés par les barbares, se rendirent la risée de la postérité en s'occupant à discuter sur la lumière incréée et sur le concile de Florence pendant que le bélier brisait les portes de la ville. » Est-ce là, Français, le tableau que vous devriez offrir aux puissances qui excluent vos ambassadeurs des congrès de leur diplomatie ? Sont-ce des joûtes de Sorbonne finissant par une scène de pugilat qui peuvent faire revenir l'Europe à des sentimens d'estime et de respect ? Il y a quarante ans qu'un navire me déposa sur les plages d'une patrie déchirée qui réclamait mon secours ; l'abaissement et l'anarchie de cette France du Directoire étaient moins dangereux que l'état dans lequel je la retrouve en rentrant à Cherbourg. Alors comme aujourd'hui, ne puis-je pas avec raison m'écrier : Qu'a-t-on fait de cette France que j'avais élevée au plus haut point de gloire ? Je l'avais laissée unie, je la retrouve divisée. Je l'avais laissée honorée, je la retrouve insultée. Je l'avais laissée en proie au sentiment de l'honneur, je la retrouve livrée à l'agiotage. Les avocats ont envahi les conseils du pouvoir où se manifeste une déplorable faiblesse et une versatilité sans fin. L'état n'est plus gouverné.

Tout bon citoyen tourne avec inquiétude ses regards vers l'avenir de la patrie, et sentant qu'elle a perdu son ascendant dans la politique de l'Europe, il doute de l'étoile de la France. Est-ce après une telle France que soupirait mon âme expirante ? Si une telle anarchie doit continuer en ma présence, rendez, rendez aux mers les restes de votre Empereur !

— Sire, je sens toute la justice de vos reproches: c'est le génie de la dispute et de la petitesse qui guide aujourd'hui la France. Puisse cette malheureuse influence être détruite par le sacré dépôt que nous rend l'exil. La faiblesse de la Patrie n'a pas pu échapper à celui qui, depuis dix ans, voit de si près les affaires de l'état. Lorsque parcourant ce château des Tuileries, je songe au passé, je vois cette royale demeure envahie par une populace furieuse, je pense que deux fois, vous, Sire, chef d'un si puissant empire, vous en avez été arraché, que deux fois la dynastie qui vous succéda en fut exilée par les révolutions, et je suis forcé de reconnaître que le caprice de ces révolutions gouverne la France; que toutes les lois de la science politique sont vaines; que nous, les ministres du pouvoir, nous ne sommes que des agens ballotés par le souffle révolutionnaire, n'ayant au mot que la prétention de gouverner une société livrée à une anarchie épouvantable.

—Comment ! vous sentez cette faiblesse, et vous ne la guérissez pas ! et vous l'avez laissé arriver à un tel point que le remède désormais sera peut-être impuissant !

— Sire, lorsque les affaires de l'état ont été confiées à mes mains, la France était déjà bien loin de celle que vous aviez gouvernée et pour ainsi dire recréée. Ne me reprochez donc pas d'être le complice de ces fautes et de ces changemens qui vous donnent tant de douleur.

— Français, je vous le dis, en abordant sur vos rivages, on croit descendre chez un peuple barbare que ne visita jamais la civilisation. Vous vous dites la nation la plus civilisée de l'Europe, et vous êtes celle qui s'est le plus écartée de cette charité entre concitoyens qui est le principe de toute civilisation. Vous ne vous faites connaître à l'Europe et au monde entier que par les dénonciations et les calomnies que vous dirigez les uns contre les autres. Il n'est aucune gloire nationale qui soit par vous respectée. Vous recherchez le scandale jusque par de-là les siècles. L'histoire de la patrie n'est écrite chez vous que par le dénigrement. Rien n'est sacré pour le sentiment haineux qui vous ronge et dont la jalousie fait le fond. Vous n'avez pas même respecté la figure de ce grand monarque qui le premier mit cinq cent mille hommes sous les armes, fit avancer ses armées jusqu'à l'Inn, donna à la France un rang en Europe dont par vos dissensions vous paraissez si jaloux de la faire déchoir, et qui, s'il eut des taches dans sa vie, n'eut que les taches du soleil. Depuis vingt-cinq ans, tous les efforts de votre esprit et de votre érudition ne vont qu'à fouiller les archives révolutionnaires pour en exhumer les pièces capables de flétrir les hommes qui, en s'illustrant et en servant bien la patrie, ont mérité de faire oublier les fautes du passé. A vous entendre, il n'est parmi vous aucun Français qui soit pur, hors cependant ceux qui profitent de leur obscurité pour jeter la première pierre au coupable. Émigrés, Vendéens, révolutionnaires, girondins, jacobins, bourboniens, libéraux, juste-milieu, légitimistes et démocrates, votre foi politique ne consiste qu'à haïr, qu'à faire mutuellement le procès de vos vies et de vos doctrines, qu'à vous reprocher des changemens qui sont ceux des révolutions et de la politique. Pour trouver des coupables, vous vous faites les défenseurs de toutes les causes, les champions de toutes les fidélités. Plus délicats et plus exigeans que moi-même touchant mes serviteurs, vous êtes inexorables quand j'ai pardonné. Insensés, juges féroces, qui, si vous vous croyez infaillibles, ne le devez qu'à l'obscurité de votre vie et à votre présomption. «Déplorables effets des commotions politiques qui déplacent le premier pouvoir de la société! La vertu, l'honneur sont renversés de dessus leurs bases. Chaque parti se voue avec fureur au culte de ses dieux, et se croit innocent en lui sacrifiant même des victimes humaines. Qui est à plaindre alors? la nation; qui est à blâmer parmi les hommes? un bien petit nombre, si l'on réfléchit que dans ces conflagrations universelles, les circonstances quelquefois les plus minimes précipitent nos destinées, indépendamment de notre volonté, de notre caractère et des résolutions prises la veille d'un événement inattendu.»

— Les générations qui, depuis vingt-cinq ans, sont devenues viriles, Sire, n'ayant été témoins d'aucunes de ces grandes commotions qui bouleversent le sol jusqu'aux entrailles, se sont fait, sur les hommes politiques, des opinions d'un pédantisme absolu et d'une sévérité que l'expérience des révolutions n'a pas pu corriger. Ces hommes nouveaux auraient dû cependant avoir assez de l'exemple de 1830 et des palinodies des leurs pour modifier le rigorisme de leurs jugemens.

— « Qui, hormis un sot présomptueux, peut se flatter de connaître les hommes ? Ils sont si difficiles à saisir, quand on veut être juste. Se connaissent-ils ? s'expliquent-ils eux-mêmes ? La plupart de ceux qui m'ont abandonné, si j'avais continué d'être heureux n'eussent peut-être pas même soupçonné leur propre défection. Il est des vices et des vertus de circonstances. Nos dernières épreuves étaient au-dessus de toutes les forces humaines. »

— Tant d'indulgence, Sire, ne peut aller qu'au plus grand et qu'au plus noble des cœurs.

— Et moi-même, mon cher Soult, croyez-vous que je n'aie pas fait quelquefois mon examen de conscience ? « Moi-même puis-je affirmer, malgré mes opinions naturelles, qu'il n'y eût pas eu telles circonstances qui eussent pu me faire émigrer ? Le voisinage de la frontière, une liaison d'amitié, l'influence d'un chef : en révolution, on ne peut affirmer que ce qu'on a fait ; il ne serait pas sage d'affirmer qu'on n'aurait pas pu faire autre chose. »

— C'est l'orgueil seul des hommes du jour, Sire, qui exalte leur impeccabilité imaginaire et qui les rend si sévères pour ceux qui ont vécu avant eux.

— Vous ai-je jamais raconté l'émigration de votre camarade Serrurier, mon cher Maréchal ? « Serrurier et Hédouville cadet marchaient de compagnie pour émigrer en Espagne : une patrouille les rencontre. Hédouville, plus jeune, plus leste, franchit la frontière ; se croit très heureux, et va végéter misérablement en Espagne. Serrurier, obligé de rebrousser dans l'intérieur, et s'en désolant, devient maréchal. Voilà pourtant ce qui en est des hommes, de leurs calculs et de leur sagesse. »

— « C'est parce que vous saviez, Sire, toute la part que le hasard a sur nos déterminations politiques, que vous avez été toujours sans préjugés et fort indulgent sur le parti que l'on avait suivi dans nos convulsions Être bon français ou vouloir le devenir, était tout ce qu'il vous fallait.» Depuis, la petitesse d'esprit et le ton tranchant qui en est la suite, ont bien appelé de cette haute indulgence.

— Je sais que de petits folliculaires ont voulu déshonorer mon entourage pour pouvoir faire mieux ensuite le procès à l'empire, au profit de leur idéologie et de leurs passions révolutionnaires. A moi aussi, les insultes n'ont pas manqué : que sont-elles devenues aujourd'hui ? « C'est que, voyez-vous, mon cher Soult, une révolution est un des plus grands maux dont le ciel puisse affliger la terre. C'est le fléau de la génération qui l'exécute. Tous les avantages qu'elle procure ne sauraient égaler le trouble dont elle remplit la vie de leurs auteurs. Elle enrichit les pauvres qui ne sont point satisfaits. Elle bouleverse tout. Dans le premier moment elle fait le malheur de tous et ne fait le bonheur de personne. »

— Les dieux, dit un grand écrivain, qui ont donné à la plupart des hommes une lâche ambition, ont attaché à la liberté presqu'autant de malheurs qu'à la servitude. L'anarchie qui, depuis dix ans, déchire la France, me fait reconnaître la justesse de cette maxime de votre majesté qu'après une guerre civile il faut une guerre étrangère pour amalgamer les restes de tous les partis.

— Oui après 1830 une guerre eût été salutaire et eût empêché l'explosion de toutes ces théories, dont un très lointain avenir pourra seul avoir raison.

— Le mal, Sire, cst antérieur à 1830. Quand l'insurrection populaire et le vote de la chambre des députés appelèrent au trône une nouvelle dynastie, il y avait déjà bien long-temps que les esprits étaient travaillés par les brigues libérales, par les intrigues constitutionnelles, par ce qui depuis fut appelé la comédie de quinze ans. L'imitation anglaise était prêchée jusque dans des chaires créées par le gouvernement. La haine du pouvoir, assimilé par M. Say à un chancre qu'il fallait réduire, était le fond des doctrines dont le succès appela au pouvoir la branche d'Orléans. Ainsi, quand elle monta sur le trône, c'était à la condition de l'amoindrir le plus possible.

—« Qu'est-ce que le trône ? C'est bien le cas de répondre : un morceau de bois recouvert d'un morceau de velours. »

— Et je répliquerai à Votre Majesté, que quant au trône de Juillet, le velours avait été posé avec bien de la parcimonie.

— A des conditions aussi dures j'eusse refusé le trône. « A moi aussi l'on prétendit imposer un jour des conditions qui eussent ravalé le pouvoir dans mes mains. Plutôt que d'accepter j'eusse préféré rentrer dans la foule du peuple pour y jouir de ma part de souveraineté. »

— On accepta pourtant, et ce n'était pas par ambition, car après Votre Majesté il n'est plus permis d'en avoir.

— « Ah ! sans doute, j'en eus, et beaucoup, mais de la plus grande et de la plus haute, celle d'établir, de consacrer enfin l'empire de la raison et le plein exercice, l'entière jouissance de toutes les facultés humaines. »

— La voix du siècle vous prête pourtant, Sire, une ambition plus personnelle.

— « Mon ambition fut tout entière dans l'agrandissement de la France. » Dans la vaste passion qui brûla mon âme, il me serait impossible de discerner ce qui fut de mes intérêts personnels, de ceux de ma maison, et ce qui fut des intérêts de la France. Vint un jour, jour néfaste, où le remords vulgaire d'un homme qui fut comme mon fils songea à stipuler pour les avantages propres de ma retraite passagère. Je fus indigné. « Que me faut-il à moi, m'écriai-je ? un petit écu par jour et un cheval. Naturellement, même dans les commencemens de ma vie, je n'eus, ni le goût, ni le sentiment de la propriété ; je n'étais accessible qu'à celui de la fondation ; et j'ai pu dire sans mensonge et sans orgueil : l'État, c'est moi, tant je m'étais identifié à la France. »

— Je n'aurais pas cru que vous eussiez apporté tant de délicatesse dans l'ambition.

— Elle fut pour moi un devoir civique. C'est par elle que j'enflammai la France et la poussai aux belles choses. Une grande ambition peut seule aujourd'hui sauver la patrie.

— Grand homme, vous ignorez donc que je vis dans une époque et dans un pays où tout ce qui est grand doit se cacher. La hauteur dans les vues et dans les hommes est ce qui se pardonne le moins aujourd'hui. Pour faire son chemin dans le monde, la pensée est réduite à naviguer sous le pavillon de la médiocrité. A cette seule condition elle peut capter la faveur publique. Ce n'est plus comme au temps de Votre Majesté, où la main du pouvoir se plaisait à élever le mérite et à l'aller chercher dans tous les rangs de la société. Aujourd'hui, les institutions politiques n'ont pour but que de déprimer les hommes supérieurs, et elles ont eu soin de créer, à cet effet, les organes du scandale et de la calomnie, et l'on cherche à anoblir la France par l'abaissement de chaque Français. La souveraineté du peuple domine, de plus, l'intelligence comme la politique, et les journaux, dans leur souplesse habile et jésuitique, n'ont-ils pas déclaré qu'ils n'étaient que l'écho sténographié de la pensée publique? Malheur donc à l'homme grand assez ambitieux pour vouloir conduire les autres hommes! Dans l'esprit du jour, l'homme n'est rien, l'homme ne doit rien être. C'est cette assurance qui seule permet un sommeil tranquille à l'orgueil du citoyen libre. Mais comme ce n'est pas avec ces zéros qu'on peut établir une société, l'on a inventé la force mystique des institutions qui vivent d'elles-mêmes, seules, sans secours humain.

— Ce mysticisme n'est pas nouveau pour moi, mon cher Soult; il est le fils de l'idéologie. Lorsque, il y a quarante ans, je m'élevai contre elle, je ne fus pas compris, et ceux qui m'accusaient de vouloir frapper en elle l'essor de la pensée, étaient loin de prévoir les tristes et graves conséquences qu'elle devait engendrer : « C'est à l'idéologie, à cette ténébreuse métaphysique qui, recherchant avec subtilité les causes premières, veut sur ces bases fonder la législation des peuples, au lieu d'approprier les lois à la connaissance du cœur humain et aux leçons de l'histoire, qu'il faut attribuer tous les malheurs qu'a éprouvés notre belle France.» C'est elle qui fit tourner à mal la rénovation de 89, et qui, au lieu de l'étayer sur l'état réel de la France, sur ses antécédens, son histoire et le génie de son peuple, la lança dans de chimériques tentatives, dans des abstractions métaphysiques, dans des théories fausses et impraticables. « Ces erreurs devaient et ont effectivement amené le régime des hommes de sang. En effet, qui a proclamé le principe d'insurrection comme un devoir? Qui a adulé le peuple en le promuant à une souveraineté qu'il était incapable d'exercer? Qui a détruit la sainteté et le respect des lois, en les faisant dépendre, non des principes sacrés de la justice, de la nature des choses et de la justice civile, mais seulement de la volonté d'une assemblée d'hommes étrangers à la connaissance des lois civiles, criminelles, administratives, politiques et militaires?»

— Eh bien! Sire, ce sont de tels principes que j'ai trouvés dans la fureur de la vogue au moment où je pris les affaires.

— « Et ce sont des principes constamment opposés qu'il faut suivre lorsqu'on est appelé à régénérer un état.»

Votre Majesté, en réfléchissant à la tyrannie des

principes qui depuis dix ans oppriment et la France et ses ministres, nous fera moins responsables de son état de décrépitude. Méprisable comme un fait, a dit un des héros de la métaphysique politique de ces temps-ci.

— Ce métaphysicien fut un des conspirateurs du consulat. Que je plains un peuple réduit aux honnêtes gens de cette trempe ! Ces métaphysiciens prétendaient me faire sauter et me poignarder parce que je me refusais à plier sous le despotisme de leurs principes, « et que je n'avais pas la folie de vouloir tordre les événemens à mon système, mais qu'au contraire je pliais mon système sur la contexture imprévue des événemens ; et sur ces apparences, ils m'appelaient mobile et inconséquent. »

— Vous, Sire, vous n'avez eu affaire qu'à une coterie de ces rêveurs. En chassant le tribunat et l'académie des sciences morales, vous vous êtes débarrassé de ces brouillons. Mais nous, nous avons trouvé la subtilité de leurs doctrines infiltrée dans toutes les études et ayant envahi l'esprit public, la politique et la classe moyenne en entier. Plus d'hommes, plus de chefs, s'écriaient-ils, et c'étaient ceux que nous étions appelés à gouverner. Plus de généraux ! !

— « Plus de généraux ! Mais le général, c'est la tête, c'est le tout d'une armée. Ce n'est pas l'armée romaine qui a soumis la Gaule, mais César ; ce n'est pas l'armée carthaginoise qui faisait trembler l'armée républicaine aux portes de Rome, mais Annibal ; ce n'est pas l'armée macédonienne qui a été sur l'Indus ,mais Alexandre ; ce n'est pas l'armée française qui a porté la guerre sur le Weser et sur l'Inn, mais Turenne ; ce n'est pas l'armée prussienne qui a défendu sept ans la Prusse contre les trois plus grandes puissances de l'Europe, mais Frédéric-le-Grand. »

—Ces belles et justes pensées d'un grand homme passent aujourd'hui pour des hérésies. Il faut avoir la main bien délicate pour traiter l'opinion publique : les bas flatteurs l'ont rendue si irritable et si présomptueuse, qu'elle ne saurait endurer la moindre observation, et qu'elle la qualifierait d'injure, de crime de lèse-nation.

— Ah ! Carthage périt, parce que, lorsqu'il fallut retrancher les abus, elle ne put souffrir la main de son Annibal même.

— La France n'a-t-elle pas été aussi ingrate envers son Annibal?

— « Oui, parce que s'il respecta les jugemens

de l'opinion, tant qu'ils furent légitimes, quand elle eut des caprices, il sut les mépriser. »

— Je vous le demanderai, Sire, pour qui n'est point le vainqueur de la Trebbia et de Cannes, de tels mépris peuvent-ils être affrontés ?

— Mais n'auriez-vous pas à vous reprocher, vous tous, les hommes du pouvoir d'aujourd'hui, d'avoir en 1830 été vous-mêmes ces flatteurs d'opinion, et d'avoir aidé à corrompre cette enfant gâtée qui, dites-vous, domine tout si fatalement à cette heure ? n'êtes-vous pas descendus jusqu'au peuple ? Ne vous êtes-vous pas faits les égaux de chacun ?

— C'était un des devoirs de cette popularité qui appelait au trône la nouvelle dynastie. La simplicité de ses mœurs avait tourné vers elle les yeux des habitans de Paris : dès les premiers jours de la révolution devait-elle briser des habitudes d'autant plus chères au peuple, qu'elles semblaient mettre davantage la royauté à son niveau et dans sa dépendance.

— « Et c'est là la popularité, la débonnaireté ? Qui fut plus populaire, plus débonnaire que Louis XVI ? Pourtant, quelle a été sa destinée ? il a péri. C'est qu'il faut servir dignement le peuple, non pas s'occuper de lui plaire. La belle manière de le gagner c'est de lui faire du bien. Rien n'est plus dangereux que de le flatter. S'il n'a pas encore tout ce qu'il veut, il s'irrite, et pense qu'on lui a manqué de parole ; et si alors on lui résiste, il hait d'autant plus qu'il se dit trompé. » Quel rôle peut faire pitié plus que celui joué par Lafayette. Il était arrivé à un tel point de popularité, qu'il ne se trouvait libre ni dans la plus petite de ses actions, ni dans la moindre de ses paroles, qu'il ne les eût préalablement appropriées aux circonstances politiques, et à la façon de penser et d'agir de son parti. Que de trahisons dans sa vie ne sont venues que des besoins de sa popularité.

— Et je dois dire à Votre Majesté que l'exemple de ce connétable entraînait le roi malgré lui. Il était impossible qu'il restât en arrière du grand coureur de popularité. Celui-ci donnait-il une poignée de main, venait le tour du roi d'en donner deux. Entonnait-il la Marseillaise, c'était au roi à la finir.

— Convenez qu'un monarque chantant la Marseillaise n'a rien à dire lorsque, le prenant à la lettre, quelques fanatiques essaient de le traiter en roi *ivre de sang et d'orgueil.*

— Ce roi a suffisamment expié des fautes qui étaient plus encore celles de sa position que les siennes. Quand ce Lafayette, dont par votre immortel testament vous avez dénoncé la trahison à la postérité, donnait ce roi comme la meilleure des républiques, était-il permis au monarque de s'exprimer librement sur les faussetés et les horreurs de la république? Quand ce Lafayette et sa coterie proclamaient que le moment était venu pour le peuple de se gouverner lui-même, ce roi pouvait-il s'élever contre le *self government* (mais pardon, Sire, vous ne parlez pas anglais, vous), et maintenir la saine doctrine de la minorité des nations?

— Sans nier les excuses de cette fausse position, la postérité vous fera tous complices de ces niais qui ont perverti, contrairement aux intérêts du peuple, les principes monarchiques, et se payant de mots, méprisent les saines notions de la haute politique pour leurs adages triviaux : plus de cour, plus de garde, plus de gendarmes, plus de police, le bon marché! Vous avez cru devoir momentanément applaudir à ces mascarades patriotiques, force vous est aujourd'hui de rebrousser chemin, et pour refouler cette sotte idéologie qui s'est ancrée dans les esprits par dix années de tolérance, vous aurez plus de peine que vous n'en eussiez rencontré dès les débuts.

— Nous comptons, Sire, sur l'influence de vos souvenirs pour ramener les Français à la vérité et à la saine intelligence des intérêts de la patrie. Puissent ces cendres glorieuses, que, suivant votre vœu mourant, nous avons transportées aux bords de la Seine, faire revenir les Français à des idées de pouvoir qui seules sont capables de ressusciter a grandeur de la France.

— La mort n'a point affaibli en moi le patriotisme, le dernier nom que murmurèrent mes lèvres fut celui de la France, et sa grandeur, je la désire aujourd'hui avec la même passion qu'au temps où, appelant les départemens du Nord, de l'Ouest et du Midi à la défense de leurs frères de l'Alsace, de la Lorraine et de la Franche-Comté, je m'écriais : Français, je vous porte tous dans mon cœur. Non, le séjour dans l'Empyrée n'a point attiédi mon âme française. J'ai aimé la France jusqu'à Vercingetorix, et souvent, en causant avec César de nos campagnes, je lui ai reproché ses cruautés envers nos aïeux de Vannes. Parlez donc, mon cher Soult, et si les conseils d'un homme qui s'est entretenu du gouvernement des états avec les Alexandre, les Charlemagne, les Pierre, les Richelieu, et qui lui-même gouverna quatorze ans la France, peuvent être encore utiles, questionnez-moi.

—Je sens les fautes du passé. Le remède même, je le connais. Mais comment l'appliquer? C'est ce qui me paraît difficile, impossible, car il faudrait la main d'un grand homme comme vous.

— La France serait-elle donc destinée à périr? Sa décadence est-elle fatale? A cette pensée, j'éprouve le tourment qui déchira mon cœur dans la fameuse nuit des incertitudes et des angoisses.

— L'idée de progrès, si commune aujourd'hui, a cela de funeste qu'elle écarte jusqu'au plus léger soupçon touchant la ruine des états. Vous ne feriez croire à aucun Français que la France peut périr par une invasion, et avec cette fausse assurance, ils s'abandonnent à leurs saturnales politiques.

— Il n'était donné qu'à la métaphysique de produire un tel aveuglement dans un siècle qui a sous les yeux les exemples de l'Italie et de la Pologne. Il n'est que trop vrai que les états meurent, et l'histoire est là pour nous montrer que le symptôme de leur agonie fut constamment l'influence des avocats dans la politique.

— J'ai beaucoup médité un illustre écrivain qui nous a raconté la décadence de l'empire romain. Les points de ressemblance entre Rome et Paris m'ont souvent frappé. Mais quand j'ai demandé à Montesquieu un remède contre le déclin de notre patrie, il m'a répondu par cette phrase : « Ce qui fait que les états libres durent moins que les autres, c'est que les malheurs et les succès qui leur arrivent leur font presque toujours perdre la liberté ; au lieu que les succès et les malheurs d'un état où le peuple est soumis confirment également sa servitude. Une république sage ne doit rien hasarder qui l'expose à la bonne ou à la mauvaise fortune. Le seul bien auquel elle doit aspirer, c'est à la perpétuité de son état. »

— Réflexions vraies et désolantes ! Vivre dans la médiocrité comme la Suisse, renoncer à toute influence au dehors, s'immobiliser, pendant qu'à l'entour tous les autres états s'accroissent, c'est donc là le sort, ô France, que te destinent les amis de la liberté.

— Et ils ne s'en cachent pas. Ecoutez à ce sujet les économistes, les partisans des intérêts matériels, l'école américaine.

— Ces hommes sont la honte de la patrie. « Quand

j'aurai appris qu'une nation peut vivre sans pain, alors je croirai que les Français peuvent vivre sans gloire. »

— Les hommes de cette école bourgeoise ont malheureusement cru pouvoir placer les intérêts de la nation en dehors de sa gloire et de son honneur.

— « L'honneur ! c'est la vie tout entière des nations. Une nation ne doit jamais rien faire contre l'honneur, car, dans ce cas, elle serait la dernière de toutes : il vaudrait mieux périr. » Je ne sache rien de si magnanime que la résolution que prit Louis XIV de s'ensevelir sous les débris du trône, plutôt que d'accepter des propositions qu'un roi ne doit pas entendre. Je le compare à ce Mithridate, qui, dans ses adversités, tel qu'un lion qui regarde ses blessures, n'en était que plus indigné. Il avait l'âme trop fière pour descendre plus bas que ses malheurs ne l'avaient mis, et il savait bien que le courage peut raffermir une couronne, et que l'infamie ne le fait jamais. Rien ne servit mieux Rome que le respect qu'elle imprima à la terre. Elle mit d'abord les rois dans le silence et les rendit comme stupides ; ils n'osaient jeter des regards fixes sur le peuple romain. (*Montesquieu.*)

— Eh bien ! croiriez-vous, Sire, la France dégénérée au point qu'il n'est aucun orateur qui osât faire entendre de telles paroles dans une assemblée politique, et que s'il l'osait, il serait traité de rêveur et de romanesque.

— Ah ! l'Angleterre seule a pu ainsi empoisonner le cœur des Français.

— Vous ne savez donc pas, Sire, que depuis 25 ans la France n'est appliquée qu'à se calquer sur cette Angleterre. La philosophie à la mode est la philosophie écossaise. Notre littérature imite celle de l'Angleterre. Notre langue subit l'invasion de cet idiôme, qui s'était fait son tributaire depuis des siècles. Nous avons remonté à 1688 pour les singer en politique, et depuis 25 ans, que n'avons-nous pas fait pour imiter leurs institutions ?

— Ah ! j'en rougis. Un peuple si voisin de Trafalgar et de Tilsitt peut-il s'abdiquer à ce point ? Et outre l'ignominie, quelle sottise dans cette anglomanie ! « Le Français habite sous un beau ciel, boit un vin ardent et capiteux, et se nourrit d'alimens qui excitent l'activité de ses sens. L'Anglais, au contraire, vit sur un sol humide, sous un soleil presque froid, boit de la bière et du porter, et consomme beaucoup de laitage. Le sang des deux peuples n'est pas composé des mêmes élémens, leur caractère ne saurait non plus être le même. L'un est vain, léger, audacieux, amoureux par-dessus tout de l'égalité. On l'a vu à toutes les époques de l'histoire faire la guerre à toutes les supériorités de rang et de fortune. L'autre a de l'orgueil plutôt que de la vanité ; il est naturellement grave et ne s'attaque pas à des distinctions frivoles, mais aux abus sérieux. Il est plus jaloux de conserver ses droits que d'usurper ceux des autres. L'Anglais est à la fois fier et humble, indépendant et soumis. Comment songer à donner les mêmes institutions à des peuples si différens? » La France est gauloise, l'Angleterre saxonne.

— Il faudrait donc trouver le moyen de rendre au peuple français l'estime de lui-même, l'orgueil de sa nationalité, pour le détourner par là d'imiter ses voisins.

— C'est ce que devraient faire ces libellistes, qui, avec force rodomontades, exaltent outre mesure la puissance de la patrie, et ne savent qu'exciter contre elle les susceptibilités de toutes les nations de l'Europe.

— Tant d'orgueil, et ne pas rester soi !

— C'est ce qui fera maudire ces théoriciens qui, il y a un demi-siècle, rompirent avec la France du passé, et laissèrent ainsi la France révolutionnaire sans aïeux, sans histoire et sans nationalité.

— Et la forcèrent ainsi à se raccrocher aux institutions anglaises.

— Depuis 25 ans, le rôle de vos chambres prétendus anglaises est faux et funeste. « Il y a dans la constitution anglaise un corps de noblesse qui réunit la plus grande partie de la propriété et une ancienne illustration. Ces deux circonstauees lui donnent une grande influence sur le peuple, et l'intérêt de ce corps le rattache au gouvernement. En France, ce corps manque : voudrait-on l'établir ? Pour le composer des hommes de la révolution, il faudrait réunir dans leurs mains une grande partie de la propriété, ce qui est impraticable. Si on le composait des hommes de l'ancienne noblesse, ce serait la contre-révolution. D'abord, l'institution en elle-même serait la contre-révolution des choses, qui amènerait bientôt celle des hommes. Le caractère des deux peuples est d'ailleurs trop différent : l'Anglais est brutal, le Français est vain, poli, léger. Voyez l'Anglais se soulant pendant quarante jours aux frais de sa noblesse ; jamais le Français ne se livrerait à un pareil excès. » Il faut bien le dire, le mal de la patrie n'est que dans la direction despotique des affaires prise par les chambres. Des chambres purement aristocratiques comme le furent celles de l'Angleterre aux jours de sa gloire, on le conçoit ; mais des chambres bourgeoises comme en France, c'est l'anarchie et la médiocrité, et rien de plus. Et n'ai-je pas moi-même fait l'expérience de ces chambres ? N'ai-je pas vu en 1813 Lainé et sa commission de traîtres profiter de mes revers et de ce qu'ils appelaient les leçons de l'adversité, les lâches ! pour crier la paix de manière à être entendus de la coalition victorieuse ? Et dans les cent jours, n'est-ce pas la chambre qui perdit tout ? N'est-ce pas Lafayette et ses traîtres qui coururent porter à l'ennemi la soumission des prétendus représentans du pays ?

— « Avec de telles assemblées, il n'existe pas de moyen de gouverner. Si le roi y envoie ses ministres, ils y sont conspués. Il n'y a pas même la ressource des moyens qu'emploie le roi d'Angleterre pour s'assurer la majorité dans le parlement. Le caractère français s'y oppose. En Angleterre, dès qu'un membre du parlement s'engage au gouvernement, son engagement est pour tous les cas, il est sacré. En France on croirait se déshonorer en prenant un semblable engagement. Ainsi, nous ne pouvons pas compter pour demain sur la majorité d'aujourd'hui. » En place de deux partis comme en Angleterre, il y en a dix, et le revirement de l'un d'eux suffit pour altérer la majorité et pour occasionner ces changemens de cabinet si fréquens qu'ils empêchent toute suite dans les affaires, que l'administration en est constamment détraquée, et que tout se passe en intrigues, en paroles qui ne sauraient produire dans le pays que l'anarchie. Au milieu de ce désordre, notre rôle ne saurait être sûr. Est-ce la chambre des Pairs qui défendra la couronne ? C'est la couronne qui sera obligée de la soutenir contre la chambre des Députés.

— Comment avec de tels corps admettre la possibilité d'une guerre ? Qui donc en prendrait la direction ?

— Aussi ces chambres bourgeoises sont-elles résolues à la paix à tout prix.

— « Il est certain que quand la guerre est engagée, la présence d'un corps délibérant est aussi embarrassante que funeste. Il lui faut des victoires. Que le monarque ait des revers, la terreur s'empare des gens timides, et les rend à leur insu l'instrument et les complices des hommes audacieux. La crainte du péril, l'envie de s'y soustraire dérangent toutes les têtes. La raison n'est plus rien, les sensations physiques sont tout. Les turbulens, les ambitieux, avides de bruit, de popularité, de domination, s'érigent de leur propre autorité en avocats du peuple, en conseillers du prince ; ils veulent tout savoir, tout régler, tout diriger. Si l'on n'écoute point leurs conseils, de conseillers ils deviennent censeurs, de censeurs factieux, et de factieux rebelles. Il faut alors, ou que le prince subisse leur joug, ou qu'il les chasse, et dans l'un ou l'autre cas, il compromet presque toujours sa couronne et l'état. »

— Le portrait que votre majesté vient d'esquisser a déroulé devant mes yeux la politique de la France depuis 1830. Que d'hommes prétendus patriotes le roi a dû renvoyer pour ne pas être l'esclave de leurs factions et de leur égoïsme.

— « Depuis l'assemblée constituante l'on peut

dire que toutes les institutions n'ont eu pour but que de contenir et annuler la force publique qui est celle du gouvernement..... Ah ! si un gouvernement fort a des inconvéniens, un gouvernement faible en a bien davantage. »

— Le gouvernement par les chambres a des inconvéniens incontestables, même alors que les attributions de ces chambres sont contenues dans des limites raisonnables. Mais que dire quand une de ces assemblées concentre en elle le pouvoir constituant, le pouvoir législatif et administratif ?

— « Quant au partage raisonnable des attributions politiques, vous êtes, malgré votre orgueil, vos mille et une brochures, vos harangues à perte de vue et très bavardes, dans la plus grande ignorance. Le pouvoir législatif, tel que je le conçois, surveillerait et n'agirait pas, et ce que vous appelez pouvoir exécutif serait obligé de lui soumettre les grandes mesures, et, si je puis parler ainsi, la législation de l'exécution. Si du pouvoir législatif vous voulez faire plus que des surveillans, vous paralisez l'action du gouvernement, et il ne pourra plus alors rien pour le dehors. » Le gouvernement par les assemblées ne peut exister que lorsque la politique extérieure sera quasi nulle, quand, pour parler chimère, les différens états de l'Europe seront pacifiquement confédérés.

— Il est remarquable en effet que depuis 25 ans ce soit la diplomatie de la France qui a été la plus mal conduite.

— Comment en serait-il autrement ? Vos cabinets sont renouvelés tous les six mois, ce qui amène forcément le déplacement de vos ambassadeurs. Les systèmes et les vues changent avec les hommes. Plus de persévérance, plus de tradition. Et à qui avez-vous affaire? A des Metternich, qui depuis 34 ans gouvernent la politique de leurs pays, sans inquiétude sur leur situation personnelle, tout entiers à leurs travaux, et servis par des agens d'autant plus zélés et d'autant plus fidèles que leur sort est dans la main d'un ministre que rien ne renverse.

— Et comme si ce n'était pas assez du désavantage que signale votre majesté, il a fallu que l'indiscrétion des chambres et des ministres déchus vînt miner notre diplomatie, rendre désormais son action nulle et impossible, et lui fermer dorénavant la porte des congrès. Quelle est la puissance qui voudra dans l'avenir traiter avec nous, certaine qu'aucun article ne saurait demeurer secret, et que jusqu'aux conversations préliminaires et confidentielles seront dans leurs plus petits détails livrées à la publicité par les débats des chambres ? Tant mieux, a-t-on dit : ainsi seront détruits les mystères de la diplomatie incompatibles avec la loyauté de relations des peuples libres. Tant pis, répondrai-je, car les rapports diplomatiques ne coutinuant pas moins à subsister entre les différens cabinets européens, le nôtre seul, mis à l'écart, sera privé d'une arme redoutable et de tous moyens de contracter des alliances.

— C'est à tout bon citoyen à protester contre ces indiscrétions funestes de vos députés et contre l'usurpatiou du domaine de la diplomatic. Certes on ne dira pas que sous le Directoire les attributions des assemblées politiques fussent trop restraintes. Mais jamais ni les Anciens, ni les Cinq-Cents ne poussèrent le scandale des amours-propres et du bavardage jusqu'à rendre impossibles les traités de Bâle et de Campo-Formio. Commencez par soustraire aux tripotages des assemblées les affaires relatives à l'armée et la diplomatie, ou vous ruinerez sans espoir la position de la France. De grandes commotions sont encore réservées à l'Europe. Lorqu'elles éclateront, sous peine de mort ayez la libre disposition de vos armées et de vos agens diplomatiques. Si la destinée garde encore des malheurs pour la France, elle ne les devra qu'à ses assemblées. « Divisée par les partis comme elle l'est, ce ne sont pas des chambres délibérantes qui peuvent la gouverner. Même au plus fort de nos crises, tous nos dangers ne vinrent pas du dehors. Nos dissentimens au dedans ne leur étaient-ils pas supérieurs ? Ne vit-on pas une foule d'insensés s'acharner à disputer sur les nuances avant d'avoir assuré le triomphe de la couleur ? Ce n'est pas qu'il faille peut-être accuser les individus composant les chambres. Mais telle est la marche inévitable de ces corps nombreux, ils périssent par défaut d'unité ; il leur faut des chefs aussi bien qu'aux armées ; on nomme à celles-ci ; mais les grands talens, les génies éminemment supérieurs, se saisissent des assemblées et les gouvernent. » — Ce mécanisme de l'opposition si prôné en Angleterre devient anti-social en France. « L'opposition anglaise n'a aucun danger.

Les hommes qui la composent ne sont point des factieux ; ils ne regrettent ni le régime féodal ni la terreur. Ils ont l'influence légitime du talent, et ne cherchent qu'à se faire acheter par la couronne. Chez nous c'est bien différent. Ce sont les hommes du passé et les jacobins qui forment l'opposition. Ces gens-là ne briguent pas seulement des places ou de l'argent ; il faut aux uns le règne des clubs, aux autres un régime abattu. » — La constitution anglaise est vieille, nationale, dans les mœurs ; les différentes classes de la société y sont reconnues dans leur position véritable. Les constitutions chez nous ne sont que de la métaphysique qui n'a de racine dans rien qui soit propre à la France. « Si je montrais tous les projets de constitution qui me furent remis pendant plusieurs mois avant le sénatus-consulte de l'an X, et c'en était une épidémie, on verrait que ce sont les ennemis de la révolution qui plaidaient le plus chaudement en faveur de la liberté politique. C'étaient des hommes comme Malhouet et Talon. On ne peut pas dire que ces hommes-là, Talon surtout, croyaient à l'excellence de leurs plans ; ils avaient trop d'esprit. C'était une conspiration permanente. Ils auraient voulu me faire comme au roi en 89, rétablir les assemblées primaires et toutes les idées de ce temps-là. » L'histoire moderne offre un exemple qu'un bon citoyen ne devrait jamais perdre de vue. La Pologne alors avait aussi ses assemblées ; c'était avant le partage. Quelques honnêtes patriotes, qui avaient deviné le projet des trois puissances, et qui avaient vu la maladie de leur pays, proposèrent de restreindre les attributions des diètes, de supprimer le veto, d'accroître la force du pouvoir exécutif de quelques confiscations faites à la liberté et aux droits politiques de chacun. Qui pensez-vous qui s'opposa à ce salutaire projet? Les brouillons? Les avocats? Point, leur voix fut étouffée par le patriotisme du plus grand nombre. Qui? Les délégués des trois puissances qui, quelques années plus tard, se partagèrent ce malheureux pays affaibli par la liberté et par l'anarchie.

— Ce n'est pas le patriotisme qui manquerait en France pour adopter de semblables mesures. Le peuple y donnerait volontiers la main, car il est, par-dessus tout, amoureux de la gloire et de la grandeur de la patrie, comme il l'a assez prouvé sous le règne de Votre Majesté. Ce sont les avocats qui s'y opposeraient.

— « Lorsque je voulais faire une loi politique, c'étaient toujours les avocats qui s'y opposaient. Les parlemens imposaient jadis aux avocats ; ceux-ci imposent maintenant aux tribunaux. Ce fut comme malgré moi qu'on me fit rétablir l'ordre des avocats, » que je prévoyais devoir être un grand danger pour l'avenir.

— Et il faut ajouter, Sire, que les avocats s'étant mis à la tête de la bourgeoisie et de la classe industrielle, ils forment pour le reste de la France la plus dure tyrannie qu'elle ait jamais endurée.

— « Gouverner par un parti, c'est se mettre tôt ou tard sous sa dépendance. On ne m'y a jamais pris. Voulant être national, je me servis de tous ceux qui avaient de la capacité et la volonté de marcher avec moi. Voilà pourquoi je composai mon conseil-d'État de constituans qu'on appelait modérés ou feuillans, comme Defermon, Rœderer, Régnier, Regnault ; de royalistes comme Devaisne et Dufresne, enfin de Jacobins comme Brune, Réal et Berlier. J'aimais les honnêtes gens de toutes les couleurs. » En 1830, vous n'avez pas voulu agir de même, vous en portez la peine. La bourgeoisie vous montrera jusqu'où peut aller sa tyrannie. Le peuple, qui si long-temps gémit sous les exactions de la féodalité armée, sent déjà que le joug de la féodalité industrielle est plus pesant encore. « Jadis on ne connaissait qu'une espèce de propriété, celle du terrein. Il en est survenu une nouvelle, celle de l'industrie, aux prises en ce moment avec la première. C'est la guerre des champs contre les comptoirs, des créneaux contre les métiers. » Cette industrie, depuis cinquante ans, se développe en dehors de tout ordre et de toute loi. La plus grande anarchie et les plus grands malheurs pouvaient seuls découler de la concurrence illimitée des économistes. La question des salaires fera trembler l'avenir, et la domination de la politique par l'industrie a abaissé le gouvernement de la France. On dirait cette nation administrée par les lois de Moïse et par ses sectateurs. Ce n'est pas seulement chez nous que la classe moyenne est marquée au coin de la petitesse et d'un penchant trop prononcé pour l'argent. Dans l'empire romain, dans la Grèce, dans la haute antiquité, cette classe eut le même cachet, et l'égoïsme de ses calculs ne put jamais s'élever jusqu'aux pensées politiques des aristocraties antiques, de celles de Rome, de Venise, d'Angleterre, de France et d'Allemagne. Que la classe moyenne prédomine dans de petites nations protestantes, je le comprends, ainsi que l'ordre et l'économie de ses mœurs ; mais que la France, le pays de l'enthousiasme, de l'audace et de la grandeur, soit mise à un tel régime, c'est, je l'affirme, la plus grande monstruosité offerte par l'histoire. Quand la France était organisée en trois ordres, clergé, noblesse et tiers-état, je conçois que la masse du peuple suspectât le monarque, se méfiât de sa prédilection pour les deux premiers ordres, et désirât restreindre ses prérogatives. Mais aujourd'hui que, politiquement parlant, il n'existe en France que bourgeoisie et peuple, étant reconnu que c'est au profit de la bourgeoisie que la couronne a été amoindrie, le peuple doit inévitablement arriver bientôt à désirer la restauration du pouvoir suprême. Et ma conviction intime est que, si la couronne tente de reprendre ses droits des mains de la bourgeoisie et des chambres qui la représentent, il trouvera assentiment et concours de la part du peuple. Ce peuple n'ayant plus à redouter la préférence de la monarchie pour les deux premiers ordres de l'État, comprendra que, s'il a pu trouver un rival et un oppresseur dans une bourgeoisie industrielle qui sait accommoder la politique aux intérêts de son industrie, la royauté ne saurait avoir des intérêts opposés aux siens. Quant au petit nombre de familles nobles qui restent en France, et que la royauté s'est aliénées par ses prédilections bourgeoises, qu'elle les rallie: elle y trouvera, comme je l'ai éprouvé, de fidèles serviteurs. En dépit des bavardages de la métaphysique politique, il faut prendre son parti touchant la noblesse. « Chez les peuples et dans les révolutions, l'aristocratie existe toujours. La détruisez-vous dans la noblesse, elle se place aussitôt dans les maisons riches et puissantes du tiers-état. La détruisez-vous dans celles-ci, elle surnage et se réfugie dans les chefs d'atelier et du peuple. Un prince ne gagne rien à ce déplacement de l'aristocratie; il remet au contraire tout en ordre en la laissant subsister dans son état naturel, en reconstituant les anciennes maisons sur les nouveaux principes. En établissant une noblesse héréditaire nationale, j'eus trois buts. réconcilier la France avec l'Europe; réconcilier la France ancienne avec la France nouvelle; faire disparaître en Europe les restes de la féodalité, en rattachant les idées de noblesse aux services rendus à l'État, et les détachant de toute pensée féodale. » En 1815, ayant eu un moment la faiblesse de céder aux idées constitutionnelles, j'eus la velléité d'abolir la noblesse. Le peuple eût été insensible à cette mesure, la bourgeoisie seule, par vanité, s'en fût réjouie. Mais je ne le fis pas dans l'intérêt des fidèles qui m'entouraient alors. Je crus, avec raison, qu'en cas d'événement leurs titres les protégeraient à l'étranger. C'est pour moi un devoir de le déclarer, jamais je n'eus qu'à me louer de la noblesse et du peuple. Je n'en saurais dire autant de la bourgeoisie. Elle me fut fidèle, il est vrai, avec la fortune. Au moment de l'adversité, je la vis tourner au vent de ses intérêts; et elle me montra, en 1813, en 1814 et en 1815, qu'elle n'avait pas oublié celui qui, au 13 vendémiaire, défendit la nationalité française contre cette garde nationale qui, guidée par un pensionné de l'Angleterre, préludait par les insurrections, par l'anarchie et par les exigences des assemblées politiques, à l'invasion étrangère.

—Sire, il est impossible de ne pas reconnaître la justesse avec laquelle vous avez tracé les vrais intérêts de la royauté. Déjà plus d'une fois la bourgeoisie lui a fait durement sentir la dépendance dans laquelle elle a eu le malheur de se placer. Mais, la royauté fût-elle, comme je le suis, convaincue que son devoir et sa grandeur la portent à une alliance avec le peuple dont la docilité ferait contraste avec la morgue de la chambre des représentans, sachez, Sire, que cette royauté s'est compromise vis-à-vis du peuple, ou du moins de la partie de ce peuple que j'appellerai démocratie, pour cette bourgeoisie capricieuse et ingrate. La royauté a tiré l'épée contre les démocrates ; dès ce moment, elle s'est trouvée inféodée à la classe moyenne. Sévère punition pour avoir commis la faute de gouverner par un parti !

—Je trouve dans cette politique de la classe moyenne autant d'habileté que de perfidie. En dirigeant contre la couronne l'animosité de la démocratie, elle a atteint le double but de détourner une haine qui naturellement allait à son adresse, et de consacrer la vassalité du trône. De longues années peut-être seront nécessaires pour faire comprendre au peuple qu'il n'a rien à redouter, et qu'il a tout à attendre d'une forte monarchie, et que ses rivaux et ses maîtres sont dans la classe moyenne.

— C'est par là qu'est critique la position des vrais amis du trône et de la nation. Pour combattre la bourgeoisie et l'omnipotence parlementaire, ils avaient besoin d'un point d'appui qu'ils ont perdu.

— Le peuple est mobile dans ses passions et facile à revenir : c'est par le cœur et par la gloire qu'on le gagne.

— Mais cette gloire éblouissante dont a tant besoin un gouvernement nouveau né pour se consolider, la bourgeoisie, qui en comprend le danger pour elle, nous empêche de l'acquérir. Lorsque le traité du 15 juillet est venu frapper la France dans sa fausse sécurité, elle avait à peine 300,000 hommes sous les armes, elle ne pouvait pas faire entrer en ligne dix mille cavaliers; et ce n'est pas sans efforts que les ministres étaient parvenus à sauver ce mince effectif de l'économie des chambres. Comptant sur une paix à tout prix qui est nécessaire à leur domination, leur projet est de désarmer la patrie, les baïonnettes de la garde nationale suffisent à leur défense.

— Une telle pensée à elle seule est un fléau. « Une nation qui perdrait de vue l'importance d'une armée de ligne perpétuellement sur pied, et qui se confierait à des levées ou des armées nationales éprouverait le sort des Gaules sous César, mais sans même avoir la gloire d'opposer la même résistance qui a été l'effet de la barbarie d'alors, et du terrain couvert de forêts, de marais, de fondrières, sans chemin, ce qui le rendait difficile pour la conquête et facile pour la défense. En temps de paix il faut à la France une armée de 400,000 hommes. »

— Je n'oserais jamais énoncer un pareil chiffre devant les 400 rois du Palais-Bourbon.

— L'ascendant des avocats domine donc à jamais le génie de la France! Quoi! le vainqueur de la Corogne, de Porto, d'Ocana et d'Albuera, celui qui a administré des provinces en roi, troublé par la faconde des rhéteurs, abdiquerait quand la patrie attend son salut de son audace et de son courage. Et moi aussi, simple général d'une des armées de la France, je trouvai un jour ma patrie livrée aux mains des sophistes et des idéologues. La France, il y a 40 ans, ressemblait. à s'y méprendre, à celle qui aujourd'hui attriste mes regards. Afin de combattre les rhéteurs, je ne me transportai point sur leur champ de bataille, pour leur laisser l'avantage d'armes méprisables dont l'emploi m'était inconnu. Ce n'est point aux brigues constitutionnelles que j'eus recours. Vous, mon cher Soult, si vous êtes jaloux de sauver la patrie, ne recourez point à de telles brigues, ou vous succomberiez. Ce 18 brumaire, sur lequel j'assis mon empire, « ne fut que l'affaire d'un coup de main. Jamais plus grande révolution ne causa moins d'embarras, tant elle était désirée. Aussi se trouva-t-elle couverte des applaudissemens universels. On a discuté métaphysiquement, et l'on discutera long-temps encore, si nous ne violâmes pas les lois, si nous ne fûmes pas criminels. Mais ce sont autant d'abstractions bonnes tout au plus pour les livres et les tribunes, et qui doivent disparaître devant l'impérieuse nécessité. »

— Sire, les temps sont changés.

— Mais la situation de la France est la même,

et la même maladie exige l'emploi du même remède. Pour réduire votre chambre, moins de force serait nécessaire qu'il ne m'en fallut pour chasser les Cinq-Cents. Le sentiment jacobin sur lequel ils s'appuyaient était bien plus énergique et plus national que l'anglomanie sur laquelle aujourd'hui est assis le parlementarisme français. Pour balayer les institutions anglaises qui font la honte de la France, il suffit d'un appel à la nationalité, d'un piquet de grenadiers, d'une faible partie de la force avec laquelle vous avez réprimé l'émeute. N'ayez pas peur que le peuple s'avise de prendre fait et cause pour les bavards des départemens. — Comment la France a-t-elle cru un instant que rien de bien pouvait lui venir de l'Angleterre ? « Le grand lord Chatham prononça un jour des paroles qui ne devraient jamais sortir de la mémoire d'un ministre français : Si nous agissions de bonne foi et avec justice envers la France, l'Angleterre n'existerait pas 24 heures. » Et c'est à une telle nation, Français, que vous êtes allés offrir votre amitié ! Mais mes vœux mourans s'accomplissent, « j'ai légué l'horreur et l'opprobre de ma mort à la maison régnante d'Angleterre, et j'ai prédit que notre rivale finirait comme la superbe Venise. » Français, c'est en haine de vous, et parce que vous m'aviez choisi pour le défenseur de vos intérêts et de vos gloires, que les Anglais m'ont supplicié durant six ans sur le rocher de Sainte-Hélène. N'en croyez point un remords hypocrite, deux voix seules protestèrent au parlement contre l'assassinat des Castlereagh et des Bathurst; et il est faux qu'il ne se soit trouvé en Angleterre qu'un Hudson Love. Dans la faible garnison de Sainte-Hélène, et qu'on ne dira pas que le ministère avait choisie, il y avait des Gorrequer et des Thomas Read, qui *trouvaient Hudson Lowe trop bon envers moi*. « Rappelez-vous, Français, ce que Kaunitz disait, au milieu du siècle passé, à un ministre du roi de Prusse qui prenait son audience de congé : « Le roi, votre maître, apprendra un jour combien l'alliance de l'Angleterre est pesante. » Qu'on cite depuis cent ans une puissance continentale qui, s'étant écarté des principes d'une saine politique, n'ait justifié l'allégation de M. de Kaunitz. Le roi des Deux-Siciles, l'électeur de Bavière, le roi de Sardaigne, la maison d'Orange, l'oligarchie de Gênes et de Berne, le Portugal n'ont-ils pas dû tous leur perte à l'alliance de l'Angleterre? — La France ne peut s'allier qu'avec la Russie. » Rétablissez l'ordre à l'intérieur, devenez un gouvernement fort, renoncez à cette sotte propagande qui veut imposer aux peuples par la force des institutions auxquelles ne s'approprient ni leur nature ni leur génie, et la Russie s'empressera d'accueillir votre alliance. « Cette puissance règne sur la Baltique et sur la Mer Noire, elle a la clé de l'Inde. L'Empereur d'un tel empire est vraiment un grand prince. » L'alliance russe, tant que je régnai, fut un des grands ressorts de ma politique que je ne perdis jamais de vue. Ce n'était que par cette alliance que je pouvais triompher de l'Angleterre. Un moment je crus avoir réussi, l'assassinat de Paul vint ruiner mes projets et renverser mes espérances. Six ans plus tard, le traité de Tilsitt reconstruisit cette grande alliance. « Il fut bien souvent question de l'empire turc dans nos conférences avec l'empereur Alexandre. J'ai pu le partager, Constantinople l'a toujours sauvé. Cette capitale était le grand embarras, la vraie pierre d'achopement. La Russie la voulait, je ne devais pas l'accorder, c'est une clé trop précieuse, elle vaut à elle seule un empire. » Je me sentais assez fort pour empêcher les Russes d'arriver à cette grande capitale, et j'avais des équivalens à lui offrir pour les retenir dans mon alliance contre l'Angleterre. Et encore peut-être eus-je tort de ne pas céder aux désirs de l'empereur Alexandre, et de ne pas ainsi écarter toute chance de rupture entre nous. Quant à vous aujourd'hui, quelle peut être votre conduite? Vous avez vu quelle était votre folie d'avoir un moment compté sur l'alliance de l'Angleterre? Ce n'est pas avec cette alliance que vous pouvez espérer arrêter les Russes, et si vous la renouiez, ce serait pour voir l'Angleterre s'installer définitivement dans la Syrie, planter ses étendards victorieux sur les rives du Bosphore, et exclure plus tard votre pavillon de la Méditerranée. Le plus grand péril que puisse courir la France serait donc dans le triomphe de l'alliance anglo-française en Orient. Quant à rester isolée, et à empêcher d'une part les Russes d'arriver à Constantinople, de l'autre, les Anglais de dominer en Syrie et en Egypte, ce serait une présomption à la France de 1840, que rend impossible l'exemple de la France impériale. L'alliance russe est donc le seul parti qui vous reste, et elle entraîne avec elle de bien graves inconvéniens ; mais l'esprit et la résolution consistent, dans les graves circonstances, à prendre franchement son parti, et à savoir de deux maux choisir le plus léger. L'alliance de la Russie et de la France installe à Constantinople la première de ces deux puissances. L'intérêt de l'empereur Nicolas est tel, que la France peut exiger en retour d'immenses dédommagemens qui ne lui seront pas refusés. Un grand malheur pour la France serait qu'elle se fît illusion sur cette espèce de fatalité qui entraîne les Russes dans le Bosphore. « Le patriotisme des peuples, la politique des cours de l'Europe n'ont empêché ni le partage de la Pologne ni la spoliation de plusieurs nations. Ils n'empêcheront pas davantage la chute de l'empire ottoman. Ce fut à contre-cœur que Marie-Thérèse entra dans la conjuration contre la Pologne, nation placée à l'entrée de l'Europe pour la défendre des irruptions des peuples du nord. On redoutait à Vienne les inconvéniens attachés à l'agrandissement de la Russie : on n'en éprouva pas moins une grande satisfaction à s'enrichir de plusieurs millions d'âmes, et à voir entrer bien des millions dans le trésor. Aujourd'hui comme alors la maison d'Autriche répugnera, mais consentira au partage de la Turquie. Elle trouvera doux d'accroître ses vastes états de la Servie, de la Bosnie et des anciennes provinces illyriennes dont Vienne fut jadis la capitale. » Tout bien pesé dans cette grave affaire d'Orient, l'alliance de la Russie est le seul parti convenable pour la France, et si depuis dix ans elle n'a point été nouée, il faut l'attribuer au peu de penchant de l'empereur Nicolas pour un gouvernement auquel il ne saurait donner son estime. Faites-vous donc gouvernement fort, sage et régulier, et cessez d'être un foyer de désordre que l'Europe n'est occupée qu'à tenir en rigoureuse quarantaine. Ne vous effrayez pas de la grandeur de la tâche. Vous avez bien moins à faire que moi au 18 brumaire. « J'eus alors la charge de tout établir en France. J'avais à épurer une révolution, en dépit des factions déçues. Le bien qu'il fallait conserver, j'étais obligé de le couvrir de mes bras nerveux pour le sauver des attaques de tous Le dehors en armes fondait sur nos principes, et c'est précisément en leur nom que le dedans m'attaquait en sens opposé. » C'est par l'armée seulement, mon cher maréchal, que vous pouvez régénérer votre patrie, et pour son organisation, je me fie à vous. Vous qui avez fait les guerres de la révolution et celles de l'empire, vous avez pu apprécier la différence des armées françaises à ces deux époques. « Vous savez bien que si en 1792, la France repoussa l'agression de la première coalition, c'est qu'elle avait eu trois ans pour se préparer et lever deux cents bataillons de garde nationale, » qui furent pour la plupart incorporés plus tard dans les régimens de ligne ; « c'est qu'elle ne fut attaquée que par des armées de cent mille hommes au plus. Si deux cent mille hommes eussent marché sous les ordres du duc de Brunswick, Paris eût été pris, malgré l'énergie et l'élan de la nation. » N'exagérons pas nos succès de cette époque. « A Jemmapes, il y avait cinquante mille Français contre dix-huit mille Autrichiens. Pendant les quatre premières années, on a fait la guerre d'une manière ridicule. C'est une erreur de croire qu'il ne faut que six mois pour former un soldat. » Mais ce n'est pas tout, mon cher maréchal, que d'avoir une bonne armée, que d'avoir exécuté avec énergie dans la constitution des pouvoirs les changemens qu'exigent impérieusement la grandeur et le salut de la patrie, et que d'avoir fait rentrer dans les limites de l'ordre et de la raison les chambres et les folliculaires. Une fois ce coup de main accompli, il faut avoir un but défini, et savoir dans quelle direction entraîner l'énergie nationale que vous aurez mise en émoi, et qui ne vous pardonnera un coup d'état que si vous lui montrez un brillant avenir. Depuis dix ans, vous ne gouvernez qu'avec le mors, essayez de l'éperon, et vous serez étonné de la facilité avec laquelle se laisse conduire la nation française. Donnez-lui un gouvernement suivant son caractère, et vous la trouverez souple dans son ardeur. L'aventureux enfant de Paris, le paysan des campagnes se transformant au bout de six mois sous l'uniforme en amant de la gloire, le gentilhomme aux antiques mœurs peuvent fournir au peintre des traits caractéristiques de notre nationalité, et à l'homme d'état des inspirations sur la nature des moyens à employer pour le gouvernement. Quant à la classe moyenne, qui domine aujourd'hui la politique et qui veut imposer ses lois au reste de la nation, on ne saurait retrouver en elle le cachet français. C'est elle qui a été réduite à emprunter au génie de l'Angleterre ses mœurs privées et surtout politiques, ses goûts, sa littérature, sa philosophie et son économie politique. C'est sur cette classe seule qu'a été greffé ce constitutionalisme, ce pouvoir négatif des chambres, qui est parvenu si bien à rapetisser le gouvernement de la France. C'est à la timidité du caractère bourgeois qu'il faut attribuer ce soin avec lequel les chambres paralysent le pouvoir par crainte de toute entreprise hardie, et c'est à l'imprévoyance de son esprit borné aux intérêts du ménage qu'il faut imputer l'anarchie intérieure et la fâcheuse situation du cabinet français vis-à-vis de l'Europe. La classe bourgeoise est celle qui est le plus imbue du génie de l'insubordination. c'est celle dont le pouvoir a le plus à se méfier. Mais que ses criailleries n'arrêtent pas les sauveurs de la France, ils ne trouveront derrière de vaines paroles aucune résistance sérieuse. — Ministres de la France, qui depuis dix ans ne l'avez gouvernée qu'au jour le jour, et qui vainement avez espéré du lendemain un remède aux maux de la patrie et la sécurité de l'avenir, abandonnez cette politique précaire, cherchez dans la hardiesse ce que vous n'avez pas trouvé dans la timidité, renoncez aux chimères, et que les exemples d'un passé éprouvé prévalent sur des théories insensées. Quant à vous, mon cher Soult, ne repoussez pas un trophée qui veut immortaliser votre vieillesse et donner des rivaux aux lauriers toujours verts de la Moravie, du Portugal, de l'Estramadure et de l'Andalousie. La France a encore besoin de cette glorieuse épée que tient une main ferme depuis plus de cinquante années. Ne croyez pas que c'est sans intention que ce Dieu qui protège la France a permis qu'après vingt ans de tombeau mes cendres revissent les rivages de la patrie, et a remis en présence l'empereur des Français et son vieux lieutenant, ministre aujourd'hui d'une nouvelle monarchie. Que les destinées s'accomplissent, mon cher maréchal, que la France se relève, et chaque fois qu'elle ajoutera un triomphe nouveau à ses annales déjà si riches, mon ombre en tressaillera de patriotisme. Adieu, mon cher maréchal, je vais rejoindre vos anciens compagnons d'armes, songez qu'ils vous regardent, et qu'un jour vous aurez à leur raconter les derniers faits de votre vie.

N. B. Si nous avons osé faire parler l'Empereur, c'est parce que, outre que nous nous sentions imbu de son esprit, nous avions de plus à mettre dans sa bouche des paroles qu'il a écrites ou dites, ce sont toutes celles que nous avons renfermées entre guillemets.

OUVRAGE DU MÊME AUTEUR :

DE L'AVENIR

DES

IDÉES IMPÉRIALES,

ET DES CHANGEMENS A OPÉRER DANS LE RÉGIME CONSTITUTIONNEL.

In-8°. — *Prix : 1 franc 50 centimes.*

www.ingramcontent.com/pod-product-compliance
Ingram Content Group UK Ltd.
Pitfield, Milton Keynes, MK11 3LW, UK
UKHW031950260826
14628UKWH00004B/1979

9 782019 650384